KB093316

# 나의 차가운 발을 덮어줘

이근화

# 나의 차가운 발을 덮어줘

이근화

PIN

040

차례

## 1부

## 2부

## 3부

PIN
040

# 나의 차가운 발을 덮어줘

이근화
시

# 1부

## 하와이가 녹아서

빗소리가 손과 발을 지운다
웅웅웅

새벽이었고
설탕통을 쏟았다

나는 고백하는데
너는 쓰러지는구나

새벽에 심각한 경고 문자들
하와이가 녹고 있어

아이스크림을 핥아 먹으며
거짓말을 했지

너는 사랑하는데
나는 꿈속에 갇혀버리고

하와이가 녹는구나
하와이가 녹는구나

## 너는 누굴 반사하니?

제주도에 가서 고등어를 잡았어요
서른을 기념하기 위해서
고등어 삼십 마리를
양동이 가득 채웠어요
미끈거렸어요
나의 서른이
반짝거렸어요
나의 여자가

먹지는 않았습니다
생선은 싫어해요
양동이 가득 고등어를
바다에 되돌려주었어요
나의 서른이 쏟아졌어요
주르르

단번에

다 살아날까요
되돌아갈 수 있을까요
멈추지 않고
헤엄쳐 가면
만날 수 있을까요
고등어는
고등어는

의미가 없어요 삼십 세는
아무것도 아니어서 좋아요
마음대로 편집해도 좋아요
나의 여자는
순서가 없어요

물결처럼 멈추지 않아요

나는

언제부터였을까요

비행기를 탔어요

다시 집으로 돌아가려고요

나의 여자가 없는 내게로

내 여자는 다시없을 내게로

내가 나에게로

푸른

고등어로

## 수레와 강아지

죽은 내 강아지가 꿈속에 돌아왔다. 꿈속에 돌아온 강아지는
집을 나가 눈밭에 굴렀다. 몹시 튀어 올라 주인이 바뀌었다.
살아 돌아온 강아지를 부르는데 눈밭은 핏빛으로 물들고.

폐지 줍는 노인을 졸졸 따라가는 강아지는 깡마르고 다리를 절었다. 흰 털이 뭉텅뭉텅 빠져 있었다. 그나마 남아 있는 털도 엉겨 있었다. 가게마다 버려둔 재활용품을 할머니가 낡은 수레에 싣는 동안 강아지는 모퉁이를 킁킁거리며 쪼그려 앉았다. 더 이상 나올 오줌도 없었다. 귀는 노란색으로 꼬리는 핑크색으로 염색해준 것이 할머니는 아닌 듯했다. 구겨진 페트병도 겨우 들어 올리는 노인이 무슨 힘과 정성으로 강아지를 물들이겠어. 마스크는 하나마나 턱밑으로 흘러내리고 할머니 찻길을 건너야 하는데 수레만으로도 버거운데 강아지는 이리저리

날뛰었다. 말을 듣지 않았다. 할머니는 강아지를 끌어안았으나 이번에는 수레가 문제다. 수레와 강아지. 건널목을 건너는 사람들이 할머니를 훔쳐보았다. 몸통에 들러붙은 네 개의 팔다리. 앞뒤로 덜렁거리며 나아가려는. 무겁게 흔들리는. 흔들리다가 주저앉는. 수레와 강아지 간신히 건넜다. 할머니 이번엔 버려진 의자에 강아지를 앉혀 놓고 바지춤에서 주섬주섬 비닐 끈을 꺼냈다. 할머니 그래도 힘이 남아 있네. 흘러내린 상자를 야무지게 다시 묶었다. 마스크는 여전히 턱에 걸려 있고 침을 탁탁 발라가며 꽁꽁 붙들어 맸다. 다 터져서 스펀지가 비어져 나온 의자 위에서 강아지는 시무룩하게 엎드려 있다. 수레와 강아지.

## 알 수 없는 주전자

너 누가 보냈니(상자는 대답할 수 없고) 다시 봐도 내 주전자(한 달 만에 뜯었다) 누가 왜 내게 보냈니(나는 내가 맞나) 발신인 자리에는 회사 이름만 있다(스와르미스 사랑에 빠지고 싶은 이름이야) 경품에 응모한 적이 있을까(나도 모르게 내가 나를)

물 마시고 정신 차리라고(그래 맞아) 차 한 잔 마시고 진정하라고(그래야지) 뜨겁다 차갑다 너는 좀 이상하다고(정말 그래) 말이 없는 주전자(주전자의 망상이야)

나는 내가 아니다(주전자라는 허구) 정말 그런가(내가 뜨겁게 태어나려고 해) 그래서 잠깐씩 지워지는 거라고(어디로 어디로) 펄펄 끓는 거라고(아무것도 아닌 일이야)

물을 마시고 살아날까(물이 중요하지) 차를 마시면 따뜻해지지(매끈한 주전자 투명한 주전자) 나야 주전자(내가 나를 쏟았다) 끄덕끄덕 옳았다(불타오르는 이름들)

## 자기소개서

웃습니다. 웃어야……

빠르다는 것은 깊이가 있다는 것.

사람들을 끌어당겨요.

뜨겁습니다. 누구나 인정하는 나는

예쁘고 예뻐서……

숨기지 않아요. 목표가 있어요.

가방 속에 뾰족한 연필을 세 자루씩

언제라도 꺼내 쓸 수 있도록

침을 발라가며 꾹꾹 눌러서

깊은 인상을 주어요. 잊지 못해요.

허리를 펴고, 배꼽에 힘을 주고

오래 앉아서 나를 풀었어요.

부족합니다. 아직 다 말하지 못했어요.
끝나지 않았는데요? 조금만 더……
솔직함은 칼과 같아서

나의 장점은 생각보다 많습니다.
예쁜 가슴을 출렁이며
뛰어갑니다. 뛰어서……

## 카페의 흐름

커피가 너무 뜨거웠기 때문이야
작은 손잡이를 들여다보며
몇 번째 손가락을 끼워 넣어야 할지 망설이다가

이걸로는 부족해……

구멍과 밧줄
구멍과 까마귀
구멍과 풍선
상자 속의 무수한 구멍들

구멍뿐인 얼굴……

작은 스푼을 들고 흑마술을 부리듯
허공을 저어본다

나의 미움과 사랑과 연민이 검게 흐르도록

날 부른다면 달려갈 텐데……

커피는 뜨겁고 한가득
아직 그걸 마시지 못했다
카페는 부지런히 흘러가는데
얼굴이 점점 붉어지는 이유는 뭘까
귀까지 빨개지는 이유는

(소리를 지르며 싸우는 사람들이 있었는데 사연도 결말도 알 수 없었다. 한쪽이 말을 멈추자 다른 한쪽이 어깨를 흔들었다. 한쪽이 손목을 잡자 다른 한쪽이 가방을 내팽개쳤다.)

사거리 신호등은 누구의 편도 아니고
카페는 흘러가서 멈출 수가 없네
조용히 얼굴을 그렸다

내가 모르는 얼굴……

마지막 인사를 하듯 공들여 그린 얼굴을 구겨버리고
카페에 되돌려주었다
한가득 미지근한 커피
독과 약 사이 흐르는 그것
사라지는 것

카페가 잘 흘러가도록……

## 낙숫물 마시기

눈이 휘날리는데 입을 벌리는 아이들
크게 입 벌리고 눈을 맛보는 아이들
주먹만 한 눈사람을 만들어 냉동실에 넣어두는 아이들
얼른 문을 닫고 웃는다
웃음이 나오니
그곳이 눈사람의 집이니
차가운 마음을 앉혀두는 곳

동파로 씻지도 못하고 그릇은 아무렇게나 쌓이고
눈으로 설거지를 해볼까 빨래를 돌릴까
쓱쓱 문지르면 되겠네 빙빙 돌리면 그게 그거지
물이지…… 물이어서……
얼어붙은 마음은 녹을 줄 모르고

미운 사람은 잠깐 눈에 묻어두어도 되겠습니까
고마운 사람은 발이 얼어붙어도 되겠습니까

하릴없이 녹는다 똑똑 떨어진다
냉동실의 눈사람은 두 눈이 없지만
살아 있다
정말
내 심장을 줄까
이제부터 눈사람이랑 살아
입술이 뜨겁고
눈빛이 살갑고
손이 작거든

눈이네…… 눈이 내리네……
갈 곳이 없다

쓰레기 버리러 나왔다

쓰레기도 어니까 터져버리니까

잘 버려야지

내 마음 같으니까

봉지째 검은 머리 같으니까

## 딸의 꿈속에서 나는 죽고

한밤중에 깨어난 딸아 울지 마라(울고 싶은 건 나인데)
큰 눈에서 주르륵 흐르는 눈물아(맑은 콧물아)
한밤중 세차게 들리는 빗소리
목련 큰 꽃잎 다 떨어지겠다(도망가는 봄이여)

엄마 아직 안 죽었다(정말 살아 있나)
진짜인 줄 알고 깜짝 놀란 딸아(놀랄 일들은 따로 있지)
살아 있는 엄마를 깨우는 딸아(건성으로 달래본다)
가능하면 봄 말고 한겨울에 죽었으면(그게 소원이니)

내 꿈에서도 죽었어 엄마는(막내야 그게 뭐라고

샘을 내니)

진짜야 독뱀이 다리를 물었어(그 독 나도 좀 필요하다)

내가 막대기로 독뱀을 물리치니까 엄마가 살아났어(왜 그랬니)

진짜로 죽는 건 그런 게 아닐 거야(장난 같은 부고가 있었지)

씻지 않고 죽는다면 창피할까(정말 죽어버린 사람들)

더러운 속옷을 입고 있다면(얼마나 갈아입고 싶겠어)

속옷과 맨살이 들러붙어 타오른다면(그걸 상상이라고 하는 거니)

입속 냄새는 어쩌나(지독한 농담일 뿐이야)

너는 아직 멀었다 너의 고통은 아직 멀었다(지금 여기가 불속이야)

(물속이야) 숨이 막힌다(꿈이었다고 생각해보자) 가슴이 뜨겁다

아들딸의 꿈속에서 나는 차례로 죽고(아직 죽지 못하고)

고통받고(몸이 있고) 고통 속에(몸이 녹고) 고통을 모르고(몸이 구부러지고)

나 몰라라 살아가고 살아가네(하염없이 죽어가네)

## 콘센트를 뽑고

고객님의 먼지가 가라앉고 구르고 뭉쳐서 콘센트를 막으면 불이 납니다. 먼지를 잡아먹은 콘센트는 고객님의 재산과 목숨을 위협합니다. 우리가 여기 있습니다. 우리가 보호해드리겠습니다. 고객님의 안전과 행복을 보장해드립니다. 이제 먼지는 무해합니다. 사랑합니다.

내 사랑은 어디에 있나. 손가락에 있나, 입속에 있나. 잡을 수가 없고 뽑히지도 않는다. 내가 작아서 작은 내가 웃음이 난다. 콘센트에서 불이 일어난다. 먼지가 나를 비웃네. 내 사랑 영원히. 콘센트를 뽑았는데 꺼지지 않는 웃음소리. 부유하는 먼지 속에 내가 있고 내 사랑은 귓속에 영원히 울고.

대관람차를 타고 돌아갑니다. 산 사람의 머리통

이 대롱대롱 매달려 있는 것 같습니다. 섬과 바다가 지저분해 보이고, 사람들은 개미처럼 우글거립니다. 엉덩이에 불을 매달고 있어요. 자동차는 비열해 보입니다. 나의 머리통은 까맣게 지워집니다. 어딘가로 굴러가서 빛나는 먼지가 되겠습니다. 콘센트를 막고 뜨거워지겠습니다. 대관람차를 타고 돌아갑니다.

## 입안에 쌀 한 톨을 물고

말하지 못했어

내 목구멍 속에는 귀신과 아이와 요정이 살거든
어젯밤에는 싸웠는데
오늘은 고요하게 낮잠을 자네

흔들리지 않아

새를 키우고 제비를 뽑지

귀신들은 발 없이 돌아다니고
아이들은 울고 목소리를 찢어
요정은 눈물을 모아서 목욕을 하네

밤에는 모두 나가려고 해

내 목이 찢어지고

피

피

피다

피는 듣기의 영역

꿈꾸는 나는

목소리를 수집하고

앨범에 가지런히 정리를 해두지

목 안에 거지를

목 안에 성자를

목 안에 절벽을

목 없는 몸을

다 어디로 갔니?

더 잘 듣게 되기까지
나의 목은 점점 길어지고
구부러지고

그게 뭐라고

나는 울지 않아
머리를 빗지

오래도록 차가운 식사를 하지

# 2부

## 성숙이

최미숙 이기숙 박정숙

숙이들은 성숙했다 아름다웠다

엄마가 없어서였을까

엄마가 가르쳐주지 못하는 여성들을

온몸으로 알았을까

어렵게 배웠을까

그중에서 김성숙은 특별했다

엄청 빨리 뛰었다

공부도 잘했다

무시 못 했다 거의 성만이었다

성숙이는 성만이와 사이좋게 지냈다

어른이 되었을까

아니야 아니야

숙이는 영원히 숙이만 되었다

성만이와 함께

늙지도 썩지도 않고

텅 빈 목소리로 노래를 부른다

두 눈을 파내고 있다

어둠 속에서 더욱 잘 보이는

숙이들 진이들 연이들

그리고 다 죽은 성만이

용서 못 할 성만이

빈 울음을 울고 있는 성만이

사라져가는

나의 숙이들

## 나를 업어주던 다정한 삼촌이 죽었네

삼촌의 죽음은 한 달 전의 것. 그 일 년 전에 아는 언니가 죽었고. 하루 이틀이 지나도 네게 답장은 없네. 삼촌은 내게 말하지 않고 죽었다. 말할 수 있는 것과 말할 수 없는 것 사이에서 언니는 시달렸으며. 너는 언제나 다정하고 멀리 있다. 간결하게 죽을 수 있어? 있다는 말인가, 없다는 말인가 모르겠는 이 문장을 두고 곱씹는 동안 죽음은 긴 꼬리를 말아 들어 올렸다가 흔들었다. 확 죽어버려. 자신을 불태우는 방식으로 사랑을 증명하는 사람들이 있지. 그 앞에는 언제나 차가운 눈길을 가진 사람의 냉소가 있고. 진짜 자신을 불태우는 사람의 조용한 입술은 말릴 수가 없다. 아무도 모른다. 그 자신을 잊은 채 뚜벅뚜벅 불길로 걸어 들어간다. 마트에서 살 목록들을 가지런히 적듯이 순서와 절차를 확인했던 것일까. 진동하는 피 냄새와 타는 냄새와 썩은 냄새의 세계에서 아무 냄새가 없는 세계로. 이렇게 정리하고 나면 죽음은 냄새의 진화인가, 혁명인가. 돌무더기 앞에서 너는 울지 않는다. 웃지도 않는다. 너는 끝내 안 웃는다. 안 울 거야. 깜빡 잊었네. 저 사람. 지난주에 나와 결혼했지. 근데 죽어버렸네. 거리를 지나가는 저 사람. 아니야. 휴가 중이야. 바다가 애인이고 살찐 소나기를 낳으러 갔네. 삼촌이 죽었다. 아는 언니도 죽었다. 사흘 나흘이 지나도 네게 소식은 없고. 오일을 바르고 누울 해변은 사라졌네. 소다병을 해변에 푹 꽂아야 하는데. 벽을 바라보고 있구나. 다리를 꼬고 있구나. 어떤 자세로 죽었나. 왜 똑바로 눕히나.

## 10cm

십 센티미터가 부족했다
혼자서는 닿지 못하는 거리
둘이서는 망하는 거리

공과 방문 사이
방문에 대고 공을 차거나
공처럼 방문을 차버리거나
방문을 뜯어내거나

십 센티미터는 다르다
다른 소리를 낸다
아 오 으 어 우
여 야 유 요

십 센티미터를 가늠하며

에

애

웨

왜

신중하게 천천히

섰다 앉았다 누웠다

양배추처럼 구불거리고

속이 꽉 차고

공과 같고

푸른

십 센티미터

그리고 남은

이 센티미터

## 그런 사람

발가락을 만지작거리다가 알았습니다

나는 그런 사람이었습니다

엄지발가락은 엄지발가락이었지요
두 번째 발가락은 두 번째 발가락 같았습니다
세 번째 발가락은 네 번째 발가락 같았습니다
네 번째 발가락은 네 번째 발가락 같았습니다
새끼발가락은 고부라져 있었습니다

나는 그런 사람이었습니다

세 번째 발가락이 없었습니다
두 번째 발가락은 너무 길었습니다
세 번째와 네 번째 사이

정말 없는 사람이었습니다

발가락을 만지작거리다가 알았습니다

냄새만 피우다 사라지는 사람이 있습니다
세 번째 발가락과 함께
네 번째로 나를 넘기고
사라지기 시작한 사람입니다

발가락을 만지며 여기 있겠습니다

그런 사람으로

## 나의 차가운 발을 덮어줘

깨어날 수도 없고
잠잘 수도 없는
무거움도 가벼움도 사라진 곳에서
누군가 내 이름을 부른다

나는 여기 있는데
두 발이 목소리를 따라간다
흰 새가 날아오르고
곡괭이 소리가 들린다

덜 익은 과일들이 떨어지고
언덕 아래로 구른다
내 발이 차갑게 식어간다
누군가 내 이름을 부른다

점점 크고 뚜렷하게
그러나 아주 멀리서
나를 여기에 두고
내 발이 목소리를 따라간다

나의 죽음을 내 발이 목격한다

## 너에게 강아지를 보낸다

밤사이 풀었던 실을 도로 감아올린다

멍멍

너에게 강아지를 보낸다
큰 상자 속에 넣어

강아지의 말은 모른다

멍멍

너에게 강아지를 보낸다
작은 상자에 울음을 따로 담고

미끄러졌던 발걸음은 검은 비닐봉지 속에서 잠

들고

너에게
나의 강아지만 보낸다

멍멍

앙상한 나뭇가지에 너의 빈 웃음을 걸어놓고
낮 동안

왜 이렇게 따뜻한 것이냐

멍멍

## 단풍 절정

서울탕은 서울에 없어요. 강원도 평창군 진부면 시장 뒷길 공중목욕탕.

주차장이 없어요. 장날이 아니라면 아무 데나 주차해도 상관없다는 아주머니의 우렁찬 목소리. 주민들이 대부분 주말에 대부분. 장날에만 우르르 꽝꽝 복잡하고요. 여탕은 1층 남탕은 2층인데 그건 여자가 더 오래 씻기 때문일까요. 온탕 하나 냉탕 하나 한증막 하나. 번갈아 담가도 삼십 분이면 충분합니다. 강원도의 서울탕. 의자도 대야도 몇 개인지 다 셀 수 있어요.

서울탕은 서울에 없다니까요. 아무도 옷장을 잠그지 않습니다. 동네 사람들 너도 나도 다 아는데 내 손 네 손 다를 게 뭐야. 털어봐야 그게 그거겠지요. 서울탕은 서울로 옮길 수가 없어요. 지하수가 샘솟는 진부 시장 뒷길에 딱 버티고 있어요. 현관이 낡아 삐걱거리고 신발을 벗어 던져놔도 잃어버릴 수가 없어요. 단풍잎은 아무도 가져가지 않아요.

때수건이 없으면 오백 원 초록색입니다. 샴푸가 없어도 오백 원 드봉 차밍입니다. 강원도까지 가서 서울탕에 몸을 담그니 강원도 물의 힘이 느껴집니다. 뜨거운 물은 무지하게 뜨겁고 찬물은 가열차게 찹니다. 증기는 숨이 턱턱 막히고요. 세신사는 조선족 아줌마. 아들 걱정이 많습니다. 딸도 서울처럼 걱정스럽죠. 이 가을 걱정이 깊어가고요.

온탕 냉탕 한증막을 드나들며 걱정을 씻어냅니다. 서울탕은 강원도에만 있어요. 옷장은 잠기지만 잠그지 않고요. 마음도 걱정이지만 잠기지 않아요. 옷깃이 문 사이 삐죽 새 나오고요. 흰 우유 박카스 식혜 블랙커피가 천 원. 서울탕의 강원도를 마셔요. 강원도는 고개가 많고 군인이 많고 감자도 많지만 많은 건 다 셀 수가 없어 붉어지고요.

서울탕의 조건은 강원도. 이 가을엔 서울탕으로 가요.

## 목련꽃 그늘 아래

이렇게 살 수 있겠니? 자취방에서 떡라면을 끓여 먹으며 물었지만 꼭 대답이 듣고 싶어서는 아니었겠지. 방 안으로 햇살이 깊숙이 들어와 부끄럽게 빛나고 있었고 창밖으로 기우뚱한 목련은 참 가난해서 크고 하얀 꽃잎을 용감하게 매달았지.

그 봄은 다 셀 수가 있을 정도였어.

소용없어, 목련이 웃었지. 그 웃음소리 참 맵고 아렸다. 나의 구멍을 목련 꽃잎으로 막는 봄이여. 호로비츠 같은 긴 손가락으로 오렌지색 三陽라면을 뜯고 몇 개의 굳은 떡을 넣어 휘휘 저었던 그는 봄이 없는 곳으로 갔다. 내 마음에도 애써 발을 달아주고 갔다.

꿈쩍도 하지 않는 봄들을 매달아놓고.

재개발로 제일 먼저 베어졌을 가난한 목련나무는 내게 이주를 했다. 나도 모르는 사이 봄마다 웃는다. 그 웃음소리 참 맵고 아리다. 지겹고 맛있지만 떡라면 같은 봄이 또 와서 가끔 재채기가 나고 갑작스러운 재채기 소리는 우습다.

떡을 꼭꼭 씹어 삼키면 은은히 되살아나는 가난이여.

목련꽃 그늘은 커다란 입술이 되어 곧잘 대답을 하지만 그 소리가 들릴까. 바람이 달려가는 곳마다 온통 그의 귀가 매달려 있다. 큰 꽃잎이 뚝뚝 떨어지며 괜찮다고 말하지만 귀는 점점 검고 붉어진다.

나의 발을 삼키고 놓아주지 않는다.

# 산나리

옷자락에 흘린 몇 방울의 잉크

점점

마음을 흔든다

누군가 조용히 울고 있는데

잉크는 사소한 눈속임

방울방울 번지다가 멈춘다

누군가 눈을 감고 있는데

눈뜬 괴로움에 뜨겁게 울고 있는데

잉크 방울들은 왜 이렇게 고요한가

입술을 지우고 서 있는 이들

발밑이 사라진 이들

떨어진 잉크는 이제 글자가 되긴 틀렸다

꿈을 사고팔다가 손이 잘리면

남은 손목을 가리고 남은 만큼의 긴 소매로

눈물을 훔쳐야 하나

훔치고 나면 눈은 더욱 붉어지고

새것인양 다시 흐르고

세상은 너 없이 타오르다

나를 덮을 것인데 나의 붉음은

네 뒤에 있을 것인데

터진 입술로 순서 없이 불렀던 노래들이

누구의 귓바퀴로 흘러갈지

나도 너도 없는 곳에서

피어난 산나리

짐승의 울음을 토해놓고

## 스낵

옳다 유과다
현미 조청으로 더욱 맛있어진 과자다
싸고 양도 많다
내 아버지의 허기를 달래주러 왔다
오는 걸 막을 수 없다
가령 기운이 뻗치면
사고도 실수도 자살도 막을 수 없다고
생각한다 과자는 맛있다고
내 아버지는 내게 과자를 사준 적이 없다
내 아버지는 나를 안아준 적이 없다
그것이 그분의 주머니 같은 사랑
빨래집게로 과자 봉지를 집어놓고서
입맛을 다시는 수일간
억울하다 배가 부르다
오백육십 칼로리의 눈물을 쏟아내도

그치지 않는 슬픔과 불안과 우울은 없다고
생각한다 유과다
스낵은 언제나 곁에 있고
질소 충전으로 빵빵한 과자 앞에서
부정 불량한 감정을 지우고
명랑한 아버지들 봉지를 뜯고

# 3부

## 저기 창밖에 누가 왔다

저기 창밖에 누가 왔다

외롭지 않아
보이지 않아

거울 속에 숭어가 뛰놀고

랄랄라
혼자다……

저기 창밖에 누가 왔다
반가워……

빠르게 사라지고 있다

배가 고픈데 먹을 수가 없구나
꼬르륵 꼬르륵 돌아가는 모빌

아이들은 사라졌는데

저 창밖에 누가……

왔다……
나는……
영원히……

창밖을 보라 창밖을 보라

저기 누가

왔다……

## 키스

당신이 아니어도 괜찮아요
누구라도 물어뜯겠어요

죽어도 모르겠는 마음을
밋밋하다 못해 납작해진 마음을

멍청하고 소심해진 손가락으로 휘휘 저어봅니다
숟가락으로 뜨거운 국물을 휘젓듯

당신은 반대하겠지만
무슨 말이냐고 묻는다면 녹아버리겠어요

우두커니 서서 계단을 오르는 당신을 지켜봤어요
붙잡지 않았어요 당신의 절룩거림을

눈이 내렸기 때문일까요
저 눈이 나를
끝까지 나를

쥐들은 나를 얼게 해
내 입술을 뜨겁게 해
구석을 좋아해

오늘도 밤의 공장을 돌립니다
나의 부지런함과
당신의 부지런함을 더해서
밤을 밀어내고

똑같은 검은 파이들을 찍어내고
기차는 쉬지 않고 내 마음을 나르네

당신은 하나가 아니라는 사실
나는 쥐 떼라는 사실
병균을 옮기고 바이러스를 생산합니다
최선을 다해

변형된 마음을
변질된 생각을
거꾸로 매달고
매달린 나는

나를 왜 믿는 것일까요
믿음은 곧 칼이 될 것이지만
더 이상 흘릴 피가 없습니다

한밤 내내 윙윙거리는데
냉기를 보존하는데
난데없이 버려지고 찌그러진 나는

윗입술 아랫입술을 깨물고 누워서
점점 빨개지고

## 투명한 목구멍

오늘은 도저히 네가
삼켜지지 않는다

뱉어내기에도 너무 크다
붉었다가 푸르렀다가

열린 문이 없는데
무한히 태어나는 손목들

거짓말은
너와 나의 유일한 형식이어서

검은 구멍 속에서
힘껏 쏟아지는 발걸음

너는 뒷모습이 멋지다
영원히 되돌아온다

나라는 무한한 형식으로
쥐와 동굴의 형식으로

## 티켓팅

곤충교실의 벽면에는 이런 글자들이 쓰여 있다.

*해충을 잡아먹는 거미는 인간에게 백 퍼센트 이상의 이로운 생명체라고 할 수 있습니다*

박물관의 서늘한 공기가 거미 표본을 맴돌고 있는데

적막과 고요를 뚫고 신랄한 웃음소리가 들리는 듯하다

거미 아버지라 부를까, 거미 형님, 거미 삼촌이라 부를까……

거미의 그 모든 것인 얼굴로 조용하게 늙고 있는 거미 박사님

설국열차의 차장처럼 무심하고 단호하다

칙칙폭폭 달려 어딜 가시려는 것인지

거미에게도 천국이 있다면, 그건 박사님이 알려

주실 거야

박사님 쭈글쭈글한 손에 이마에 저건 거미의 사랑인지도

뜨거운 국수에 거미 한 마리 넣어 속을 달래고 추위를 이겼으면

나는 거미줄도 박사님도 국숫발도 잘 모르고

수백 종의 거미 앞에서 어떤 표정을 지어야 할지도

거미박물관을 빠져나오니 길은 지워지고 여기가 어딘가

너의 집은 어디냐, 커다란 거미가 나를 삼켰다 뱉어놓았는데

익숙한 풍경에 발가락이 가려웠는데

인간과 인간 아닌 것 사이에 여덟 개의 다리를 그리고
조용히 사라지는 발밑을 본다
거미의 뱃속에 녹아 있는 지붕과 창문과 굴뚝과……

바람에 쓸려간 허공의 집들은 끈적이다가
모르는 얼굴에 들러붙어 무심한 손길에 무너졌을 것이다
나의 사랑하는 도시로 다시 미끄러져 들어가는데
하늘과 땅 사이 가득한 이것은 무엇인가?

## 파다 보면

굴착기 회사에 투자를 했습니다

커다란 삽이
땅을 파고 파고 파고
파다 보면 의미가 있겠지요

묻어버리겠어

그렇게 심한 말을 들어본 적이 없어요
그게 그건 줄 알았어요
그건 줄은 정말 몰랐어요

삽을 줄게요

나는 가난하니까

나는 사랑하니까
나는 향긋하니까

인생과 인삼과 인성을 한꺼번에 사유했어요

파다 보면 나오겠지 중얼거렸어요
파다 보면
살다 보면

# 강원도 산골 양배추밭에 도둑

활짝 웃으며 사진을 찍었습니다

미래의 나는 간단히 무너져 있을 것이기에
두 발로 양배추를 밟으며
오지 않는 당신을 건너갔습니다

굴려도 굴려도 아직은 녹지 않았어요
양배추는 푸르고
양배추밭은 넓고

모르는 내가 태어났어요
밭에는 아무도 없었습니다
아무것도 훔치지 않았지만

뛰었습니다

바람이 눈 코 입을 간단히 지웠어요
그런 나를

구름이 따라왔어요
네가 도둑이다
네가 훔쳤다

큰 목소리로 나를 불렀습니다
활짝 웃으며 찍은 사진이었어요
사진 속의 나는

저 혼자 돌멩이를 굴리고 있네요

## 화해와 불평등

언제 깨질지 모르는 컵으로 물을 마셨다
한 방울도 새지 않았다
물은 화해도 불평등도 모른다
손과 손가락이 따로 없으니
엉길 수가 없다
지금 나의 호흡은 뜨거운가
당신의 입술에 도달했는가

궁극의 평화는 귀로 오는 것
오늘 빗소리는 가릴 것이 많다
날씨는 예측할 수 없고
먼지는 새로 태어나고
항아리보다 먼저 뚜껑이 깨진다
이별과 만남을 이야기하는 세계에
희망은 참 많이 뜨고 진다

어둠은 평등한 이불인가

따뜻한가

여기저기 잠든 사람들은 서로 다른

꿈속에 발을 뻗는다

평등한 세계에서 잠깐 자유롭다

너무 많은 이야기들이 그들을 다독인다

저마다 다른 자세로 서로를 덮는다

그게 사랑인가

## 후쿠시마 활화산 같은 마음으로

밥은 먹지 않아요
종일 흔들립니다
새예요
쥐예요
혼자예요

지붕이 없어요
발가락이 썩고 있어요
혼자예요
혼자는 냄새가 납니다
혼자인 냄새
오래도록

머리 위에 놀아요
어깨 위에 앉아요

공중에서 세 바퀴
나무 위로 올라가요
손은 망치가 되었습니다
배고픔
추락
불빛

몰래 숨어 빵을 먹었어요
훔친 것이었습니다
빵을 먹는 내내 울었어요
아무도 없었습니다
딱딱딱

빗물 떨어지는 소리
누구도 오지 않았어요

창가에 목을 걸어두면
밝은 빛이 쏟아졌고요
책상 다리를 잘라
악기를 만들었습니다

나를 멀리 데려가주세요

## 판교로 가는 마음

판교로 가자고 그가 말했다
옷을 차려입고 서둘렀지만

계속해서 신발이 태어났다
나의 신발을 찾을 수가 없었다
신발 아래
그 아래
더 아래
나
나의 신발
판교

판교로 가자고 그가 기다리고 있었다
냉동 인간처럼 그는 살아 있지도 죽어 있지도 않았는데

먼 미래에 우뚝 솟은 판교

아버지는 판교에 가면 조심해야 할 것들을 세 가지 말해주었다
한 가지라도 기억하고 싶었다
판교를 중얼거리며
아,
무너지는 마음

이것은 행운인가, 판교
밀애인가, 판교
배교일 뿐이야, 판교

아이는 없었다
고양이도 없었다

주말도 소풍도 기차도 김밥도 달걀도 다 날아가
고
없는데
손가락이 가리키는 곳

판교는 있는가
그는 있는가

그가 웃었다
판교에 가자고
거의 다 되었다고

## 그에 걸맞은

에베레스트
에베레스트

그 안에 내가 잠자고 있다
그에 걸맞은
옷을 벗고서
눈을 입고서

에베레스트
에베레스트

그 안에 내가 웃고 있다
그에 걸맞은
찬 입술로
주문을 외우며

염소젖과

소금을 상상하며

발을 헛딛는 상상

바퀴가 돌아가는 상상

나는 살았네

나는 살았네

세상에는 없는 높이로 뛰었지

땡그랑 땡그랑 바람은 무관심했지

제자리로 다시 나의 집으로

에베레스트

## 에베레스트

너의 주문은 역겹다
아무 소용이 없다

나는 살았다

PIN

040

# 반지하 방의 스누즈

이근화

에세이

# 반지하 방의 스누즈

0

내가 갖게 된 최초의 침대는 가구가 아니었다. 학생용 싱글이었는데 헤드에 알람시계가 달려 있었다. 아침마다 단순한 기계음이 시끄럽게 울려댔다. 잠결에 더듬어 누르면 몇 번이고 기상을 미룰 수 있었다. 스누즈 버튼이 달려 있는 이 침대를 나는 무척 좋아했다. 밤늦도록 소설책을 읽다가 잠들고는 했던 내게 스누즈 버튼이 있어 안심이 되었다. 뭐 하나

특별하게 빠져본 적이 없어서 좋아하는 뮤지션이나 아티스트를 꼽는 것은 어려운 일이었는데 반질반질한 침대의 감촉과 시끄러운 알람음, 스누즈 버튼과 함께 떠오르는 가수가 있었으니 바로 송창식이다.

1

어디선가 구해온 복제 테이프였다. 철 지난 히트 가요가 어수선하게 뒤섞인 것이었지만 꽤 열심히 들었다. 워크맨으로 음악을 듣던 시절이었다. 카세트테이프가 씹힐까봐 걱정을 하며 밤늦도록 들었다. 마이마이, 요요를 지나 신형 소니에는 오토리버스 기능이 있어 테이프를 뒤집어 끼워 넣지 않아도 앞뒷면 곡을 연속해서 들을 수 있었다. 그중에도 송창식이 좋았다. 드러내놓고 좋아하지는 못했다. 어쩐지 부끄러웠던 것 같다. 또래들이 다른 오빠 가수들의 최신곡을 좋아해서 나도 그냥 그런 척했다. 송창식 아저씨가 좋았던 것은 어딘가 남다른 구석이 있었기 때문이다. 노래라고 하기보다는 외침에 가까운 것이었는데 어린 내가 듣기에 꽤 신선했다. 쎄시봉 시절을 지나 트윈폴리오 이후 싱글로 활동하던 때의 노래들이다. 침대에 누워 멍하니 벽지들의 무늬를 따라가며 노래를 들었다. 지금 생각해보면, 그 벽지 무늬는 퍽 어지러운 것이었다. 가나다라마바사에서 시작하여 어떻게 으헤으헤으허허로 이어질 수가 있는지 궁금했다. 피리 부는 사나이의 소박함과 왜 불러 왜 불러 돌아서서 가는 사람을 왜에에에에의 절규는 또 어떻게 통하는 것인지. 고래사냥이나 선운사, 사랑이야 등을 들으며 막연하게 내가 아직 경험해보지 못한 청춘이란 저런 것인가 생각했다. 아침이 밝는구나 언제나 그렇지만으로 쿵작거리는 것은 농담에 가까웠고, 담배 가게 아가씨 앞에서 건달을 만나 하늘빛이 노랗다로 이어지는 것은 우스웠다. 심각할 것도 진지할 것도 없는 어린 날들. 그 시절의 내가 송창식을 남몰래 좋아했다는 것을 오래 잊고 있었다. 지금 다시 찾아 듣는 송창식은 그러니까 그때의 그 느낌은 아니다. 그때의 귀로 그 음악들을 다시 들을 수는 없을 것 같다. 그러니까 노래가 좋지 않다거나 그런 문제가 아니다. 노래는 그대로인데 내 귀가 달라진 것이라 해야 할 것 같다. 내가 좋아했던 애는 항상 산울림 노래를 불렀다. 나른하게 까진 애였다.

## 2

30호 가수 때문이었다. 텔레비전을 거의 보지 않을뿐더러 쇼 프로그램에도 흥미를 느끼지 못하는데 어느 날부터인가 아이들과 JTBC에서 방영하는 〈싱어게인 무명가수전〉을 함께 보기 시작했다. 이름이 알려지지 않은 가수들이 나와 경합을 벌이는 프로그램이었는데 뭐랄까 경쟁적으로 응원하는 출연자가 생기기 시작했다. 남편은 63호 가수를, 아이들은 29호 가수를 응원했다. 나는 속으로 30호 가수를 응원했지만 최종 우승자가 될 것이라고는 예상치 못했다. 왜냐하면 늘 별스러운 것을 좋아한다는 질타를 받으며 자랐기 때문이다. 드라마나 영화의 줄거리를 제대로 파악하지 못한 채 엉뚱한 장면이나 대사에 킥킥거렸으며, 심부름을 하러 나갔다가도 그걸 잊고 다른 것에 빠져들었다. 그러니까 30호 가수를 내가 응원했기 때문에 그는 우승을 할 수 없을 것이라 생각했다.

30호 가수에 꽂힌 결정적인 장면이 있다면 「Chitty Chitty Bang Bang」을 부르던 순간이었다. 등을 구부린 채 무대를 엉거주춤 걸어 다니는 걸 보고 순간 멍해졌다. 전혀 기대하지 못했던 동작이었다. 목소리도 그랬다. 가사를 마음대로 씹고, 고음에서 까지고, 노래하다 말고 이상한 소리들을 냈다. 고개를 외로 꺾거나 눈을 치뜨기도 했다. 그런데 그게 멋지고 좋았다. 남편과 아이들은 무엇인가에 빠져드는 내 모습에 낯설어했다. 남편은 음원을 다운로드 받아 틀어놓았고, 아이들은 30호 가수가 부른 노래를 밤낮없이 중얼거렸다. 그즈음의 나는 퍽 우울한 몸짓을 취하고 있었다. 낮이나 밤이나 인생에 실패한 자의 포즈로 멍하게 30호만 바라보고 있었다. 진통제와 수면제보다 효과가 좋았다.

덕질의 즐거움에 빠져들었다. 30호 가수가 이전

에 불렀던 노래를 찾아 듣기 시작했다. 알라리깡숑이라는 인디 밴드로 활동하던 때의 음악들이다. '방구석 음악인'을 자처하며 클럽이나 행사장에서 주로 자작곡 노래를 불렀다고 한다. 나른하고 어수선한 노래들이 매력적으로 다가왔다. 나 말고도 엄청난 팬들이 생겨났다. 30호 가수 '이승윤'은 각종 광고와 패션 잡지, 라디오 프로그램에 자주 등장했다. 순위결정전이 끝나고 이승윤의 엄청난 인기에 힘입어 방송은 〈유명가수전〉으로 이어졌고 매주 두 시간 동안 그의 무대가 펼쳐졌다. 유명 가수들을 초대해 그들의 노래를 함께 부르는 식이었다. 이승윤이 어떤 가수의 노래를 부르더라도 '장르는 30호'였다. 그는 편곡 실력이 무척 뛰어났고 스타일이 확실했다. 그의 노래가 언제나 원곡보다 좋았다. 미쳤다고 생각했다. 그 생각의 시비를 가릴 생각은 없고.

왜 좋은 걸까. 대략 이렇다. 유행에 동떨어져 변방에 머무는 것, 확실히 시끄럽고 덜 떨어진 마이너 감성이다. 나는 그걸 좀 좋아하는 편이다. 거창함 대신에 고유함을 지니는 쪽으로 자신을 이동시키는 것. 심각하게 말을 고르고 쓸데없는 지점에서 진지하다. 곧잘 우스워질 위험이 있지만 신선하다. 자신의 개성을 지켜가며 공감을 이끌어내는 것. 의미 있는 목소리를 다른 사람들에게 들려준다.

## 3

젊은 시절의 송창식을 찾아 다시 들어보았다. 그건 송창식이 아니라 그때의 내 귀를 찾는 일인지도 모르겠다. 젊음과 늙음 사이 한 존재의 자리를 가르고 변화를 가늠할 생각은 추호도 없다. 그 역시도 자신의 음악과 계속 함께하는 것 같다. 산다는 건 매일 노래를 부른다는 것. 대단한 건 노래가 아니라 삶이라 해야 할지, 삶보다 우선하는 노래가 있다고 해야 할지 모르겠다. 어쨌든 그는 아직도 기타를 치며 노래를 한다. 밤새 연습을 하고 새벽녘에 잠들어 오후나 되어야 일어난단다. 늦은 기상은 곧바로 체력 단련으로 이어진다는데 대단한 트레이닝은 아니고 제자리에서 뱅글뱅글 돈다고 한다. 두 시간 동안. 예상

대로 기인이구나 싶다. 호흡과 음정을 조절하기 위한 그만의 노력일 것이다. 그의 사생활에 대한 이런저런 이야기들이 많지만 다른 것들은 소음에 가깝다. 한 가지 더. 그의 곁을 지키는 기타리스트의 존재다. 함춘호. 확실히 고독보다는 우정이 좋다.

4

싱어송라이터들로서 송창식과 이승윤은 대중가수이고 기타를 치며 노래를 하지만 내게 더 친숙한 악기는 피아노다. 반지하 방에 에이스 침대 대신 영창 피아노를 들여놓았더라면 내 인생이 달라졌을까. 온 세상에 울리는 맑고 고운 소리. 어린 시절 골목길 끝에 피아노 학원이 있었고, 월 2만 원의 교습비를 내고 날마다 가서 한 시간씩 피아노를 배웠다. 내가 좋아했던 것은 피아노가 아니라 피아노 선생님이었던 것 같기도 하다. 피아노를 잘 못 치면 다시다시, 하며 신경질을 냈지만 수업이 끝나면 나를 눕혀놓고 귀지를 파주거나 손톱에 매니큐어를 발라주고는 했다. 피아노 앞에 선생님은 완벽하고 예뻤다. 성인이 되어서도 계속 피아노를 갖고 싶은 마음을 지울 수 없었다. 어느 날 충동적으로 270만 원짜리 중고 피아노를 들여놓았다. 물론 피아노를 치는 일은 거의 없었다. 가끔 심란할 때 먼지투성이 피아노 앞에 가만히 앉아 있고는 했다. 어린 시절 피아노 교습이 내게 남긴 것은 피아노 연주곡을 듣는 일이었다. 클래식 음악에 대해서는 별로 아는 게 없지만 이것저것 찾아 듣는다.

피아노의 시작과 끝은 언제나 호로비츠다. 그의 긴 손가락을 보고 있으면 위로가 된다. 그의 연주는 거의 피아노 그 자체인 듯한 느낌이 든다. 음악의 신이 있다면 저런 모습이 아닐까 생각하게 되었다. 물론 마르타 아르헤리치도 좋아한다. 젊은 마르타의 열정과 속도감을 사랑하고, 나이 든 마르타의 여유도 좋아하지만 제일 좋은 건 아버지가 다른 세 딸을 낳았다는 것이다. 자유분방한 그녀가 제일 사랑했던 것은 결국 피아노였는지도 모르겠다. 그녀의 딸들에게 마르타는 거의 언니에 가깝다. 이 다른 모성에 대해 오래 생각하게 된다.

쇼팽 콩쿠르에서 한국인 피아니스트가 우승을 하게 될 줄 몰랐다. 남들처럼 조성진의 차분함과 완벽함을 좋아한다. 조성진에게는 모차르트가 가장 잘 어울린다. 파스타를 먹을 때마다 고요한 천재 조성진을 생각한다. 파스타는 조성진이 연주 전 가장 즐겨 먹는 음식이란다. 끼와 멋을 주체하지 못하고 연주장에서 재능이 폭발하는 랑랑도 어쩌지 못하고 좋아한다. 콘서트장에서 앵콜곡으로 「왕벌의 비행」을 연주하기 위해 태블릿 PC를 꺼내 두들기는 그의 익살 때문에 한참 웃었다. 리스트나 차이코프스키는 다닐 트리포노프가 최고다. 공연무대가 아닌 일반 오픈 카페에서 청바지를 입고 연주하는 모습을 본 적이 있는데 완전 반했다. 코로나 바이러스의 유행이 지속되는 상황 속에서 연주자들이 종종 서재나 작업실 같은 데서 간이 연주회를 여는 영상물들이 유튜브에 올라오는데 음향은 완벽하지 않지만 꽤 근사하다. 조성진과 랑랑과 다닐 트리포노프는 같은 라흐마니노프를 아주 다른 라흐마니노프로 만들어

놓는다.

폭탄머리 천재 소년 키신은 이제 중년이 다 되었다. 그가 1997년 영국 로열앨버트홀 연주회에서 사람들에게 앵콜곡을 들려줄 때 예의 앳된 목소리로 "파가니니 리스트 라 캄파넬라"라고 외치는 음성이 사랑스럽다. 그 연주 영상의 댓글에는 사람들이 감동해서 "키친놈"이라고 적어놓았다. 이보 포고렐리치도 비딱한 천재라 해야 할 것 같다. 그의 연주들을 듣고 있으면 길들여지지 않은 야성에서 어떻게 성숙함으로 나아가는지에 대해 생각하게 된다. 아는 선생님께선 비킹구르 올라프손과 윱 베빙의 음반을 선물해주셨는데 내가 듣던 연주들과는 확연히 다른 레퍼토리들이어서 참신하고 환상적으로 느껴졌다.

베토벤 하면 루돌프 부흐빈더의 굽은 등이 최고지만 베토벤 연구에 한창 몰두했던 임현정도 정말 멋지다. 그녀가 귀국해서 왜 유럽으로 돌아가지 않는지 알 것도 같고 모를 것도 같다. 긴 머리를 갑작스럽게 쇼트커트 하고 말이다. 그녀가 일본 연주회에서 주최 측의 만류에도 불구하고 아리랑 판타지를 연주했다는 소식을 듣고 어쩌지 못하고 울컥했다. 그녀는 음악과 '나' 사이를 보호해야 한다고 말했다. 그 말이 오래도록 기억에 남았다. 요즘의 나는 문학과 '나' 사이를 보호하는 데 실패한 느낌이 들고는 한다. 피아노처럼 문학을 물속에 빠뜨릴 수도 없고. 세상의 모든 피아노가 물속에 빠진다면 잠수복을 입고 들어갈 것만 같은 피아니스트가 바로 문지영이다. 문지영이 부조니 콩쿠르에서 1위를 하자 언론은 온통 그녀의 열악한 성장 환경을 조명하는 데 열을 올렸다. 그건 너무해, 생각했지만 대단하긴 했다. 피아노를 배우기에 너무 열악한 환경이었다. 문지영은 한두 시간 레슨을 받기 위해 하루 종일 완행 기차를 타고 가는 소녀였다. 겨울날 평창에 가면 눈매가 야무지고 매력적인 손열음이 걸려 있다. 한겨울 스키장과 음악회가 어떻게 어울리는 것인지는 잘 모르겠지만 설원에서 듣는 피아노 음색도 나쁘지 않다. 차이코프스키 콩쿠르에서 어린 손열음이 붉은 드레스를 입고 땀을 뻘뻘 흘리며 연주하던 모습이 떠오른다. 한여름 연주장에는 에어컨이 없었던 것 같다.

사람들이 도록으로 팔락팔락 부채질을 하다가도 연주가 시작되면 고요해졌다.

글렌 굴드를 빼놓을 수가 없다. 그의 허밍과 개인용 의자를 말이다. 그의 의자를 알 것도 같다. 세상에서 가장 잘 흐느끼는 사람. 허밍을 애써 지우고 음반 녹음을 한 모양인데 그 허밍에 중독되어 나는 그것이 남아 있는 연주들을 찾아 듣는다. 그는 연주회를 거부하고 주로 녹음실에서 작업했다. 피아노에는 88개의 건반이 있고, 마지막 건반이 하나 더 있다면 그건 바로 글렌 굴드의 허밍이다.

여전히 내가 좋아하는 것이 피아노인지 연주인지 사람인지 헷갈린다. 나는 사람을 거의 만나지 않지만 내가 좋아하는 것은 결국 사람인 것 같다. 소설가나 피아니스트처럼 체력이 좋고 집요한 사람들을 더 좋아한다.

5

송창식과 이승윤은 다르다. 송창식과 호로비츠

사이도 멀고, 이승윤과 랑랑도 멀다. 부흐빈더와 글렌 굴드 사이도 멀다. 이 정신없는 거리 사이를 오가는 내 귀는 어떤 위험에 빠진 것 같다. 스누즈 버튼을 눌러 알람을 잠깐 멈추듯 내 안에 울리는 어떤 소리들을 잠깐 멈추고 싶다.

김수영은 「시골 선물」이라는 작품에서 종로 네거리 떠들썩한 찻집에 앉아 거기서 본 풍경을 이야기한다. "스무 살도 넘을까 말까 한 노는 계집애와 머리가 고슴도치처럼 부스스하게 일어난 쓰메에리의 학생복을 입은 청년이 들어와서 커피니 오트밀이니 사과니 어수선하게 벌여놓고 계통 없이 처먹고 있다"고 쓴다. 그러고는 "광산촌에 두고 온 잃어버린 모자"를 생각한다. 유행에도 뒤떨어지고 잘 맞지도 않는 이 모자에 대해 골몰하는 것은 잃어버린 것이 아까워서가 아니라 "도회의 소음과 광증과 속도와 허위가 새삼스럽게 미웁고 서글프게 느껴"져서라고 말한다. "모자와 함께 나의 마음의 한 모퉁이를 모자 속에 놓고 온 것"이라고 생각한다. 그러니까 「시골 선물」은 설운 마음의 한 모퉁이를 잃고, 찻집의 어수선한 젊은이들을 비딱하게 바라보는 자기 자신을 개관하는 작품이다. 시인이 작품의 제목을 '시골 선물'이라 지은 것은 상실과 비애를 받아들이는 태도를 말해준다. 나는 도시의 어수선한 찻집에서 자기 자신을 가만히 들여다보는 이 태도를 오래도록 기억하고 싶다.

어른들을 만나면 자주 아버지의 직업과 사는 곳을 물었다. 그것이 나를 말해주는 것이라 세상은 믿는 것 같다. 확실히 내 언어는 나의 출생을 속이지는 못할 것이다. 잡다하고 복잡한 말들, 알 수 없는 말들, 희한하고 저속한 말들, 어디선가 주워온 말들, 자꾸 비틀리고 미끄러지는 말들 속에 내가 있다. 내가 나를 박차고 나아가지 못한 슬픔 대신에 얼마간의 명랑함이 내 시에 깃들기를 바란다. 주저앉아 원망에 휩싸여 있는 것인지도 모르겠다. 그건 사실이 아니야, 라고 말하면 또 그런 것도 같다.

# 나의 차가운 발을 덮어줘

지은이 이근화
펴낸이 김영정

초판 1쇄 펴낸날 2022년 5월 25일

펴낸곳 (주)현대문학
등록번호 제1-452호
주소 06532 서울시 서초구 신반포로 321(잠원동, 미래엔)
전화 02-2017-0280
팩스 02-516-5433
홈페이지 www.hdmh.co.kr



ISBN 979-11-6790-103-3 04810
979-11-6790-074-6 (세트)

* 책값은 뒤표지에 있습니다.

## 현대문학 핀 시리즈 시인선

| | | |
|---|---|---|
| 001 | 박상순 | 밤이, 밤이, 밤이 |
| 002 | 이장욱 | 동물입니다 무엇일까요 |
| 003 | 이기성 | 사라진 재의 아이 |
| 004 | 김경후 | 어느 새벽, 나는 리어왕이었지 |
| 005 | 유계영 | 이제는 순수를 말할 수 있을 것 같다 |
| 006 | 양안다 | 작은 미래의 책 |
| 007 | 김행숙 | 1914년 |
| 008 | 오 은 | 왼손은 마음이 아파 |
| 009 | 임승유 | 그 밖의 어떤 것 |
| 010 | 이 원 | 나는 나의 다정한 얼룩말 |
| 011 | 강성은 | 별일 없습니다 이따금 눈이 내리고요 |
| 012 | 김기택 | 울음소리만 놔두고 개는 어디로 갔나 |
| 013 | 이제니 | 있지도 않은 문장은 아름답고 |
| 014 | 황유원 | 이 왕관이 나는 마음에 드네 |
| 015 | 안희연 | 밤이라고 부르는 것들 속에는 |
| 016 | 김상혁 | 슬픔 비슷한 것은 눈물이 되지 않는 시간 |
| 017 | 백은선 | 아무도 기억하지 못하는 장면들로 만들어진 필름 |
| 018 | 신용목 | 나의 끝 거창 |
| 019 | 황인숙 | 아무 날이나 저녁때 |
| 020 | 박정대 | 불란서 고아의 지도 |
| 021 | 김이듬 | 마르지 않은 티셔츠를 입고 |
| 022 | 박연준 | 밤, 비, 뱀 |
| 023 | 문보영 | 배틀그라운드 |
| 024 | 정다연 | 내가 내 심장을 느끼게 될지도 모르니까 |
| 025 | 김언희 | GG |
| 026 | 이영광 | 깨끗하게 더러워지지 않는다 |
| 027 | 신영배 | 물모자를 선물할게요 |
| 028 | 서윤후 | 소소소小小小 |
| 029 | 임솔아 | 겟패킹 |
| 030 | 안미옥 | 힌트 없음 |
| 031 | 황성희 | 가차 없는 나의 촉법소녀 |
| 032 | 정우신 | 홍콩 정원 |
| 033 | 김 현 | 낮의 해변에서 혼자 |
| 034 | 배수연 | 쥐와 굴 |
| 035 | 이소호 | 불온하고 불완전한 편지 |
| 036 | 박소란 | 있다 |